JN313205

ゆめ太《た》の明日《あした》

作・うちかわこういち
絵・山本正子《やまもとまさこ》

文芸社

もくじ

モグちゃんの大冒険《だいぼうけん》

町のはずれには大きな野原があります。そこでは、たくさんのモグラが、地下にトンネルをほってくらしていました。

モグちゃんは元気なモグラの男の子。野原のトンネルのひとつで、おとうさん、おかあさんといっしょにすんでいます。

なんでも知りたがるモグちゃんは、

「なぜなぜ、どうしてなの？」

と質問《しつもん》をして、いつもおとなをこまらせていました。

モグちゃんが今、一番知りたいことは、〝お外の世界《せかい》〟のことです。でも、モグちゃんのお友だちは、そんなことに興味《きょうみ》はありません。なかよしのホルゾーくんも、

「〝お外の世界《せかい》〟なんて、どうでもいいよ。それより、夕ごはんのほうが

心配《しんぱい》さ」

　と言います。

　モグちゃんは、おかあさんに聞いてみることにしました。

「ねえねえ、おかあさん、ボクたちのおうちの外がわの世界《せかい》は、どうなっているの？」

「お外に出てはだめよ。わたしたちモグラは、このトンネルの中でくらしているのが、一番幸《しあわ》せなの」

　おかあさんが、やさしくおしえて

くれました。

「どうして、出てはいけないの？」

モグちゃんは少し不満《ふまん》です。

「あぶない目にあうからよ」

「なぜ、あぶないの？」

「こわい大きな生《い》き物《もの》がいて、モグちゃんを食べようとするからよ」

「ほんとう、おかあさん！」

おかあさんの話に、モグちゃんはビックリです。

「むかしむかしね、まだおかあさんが生まれる前、こどものモグラが外の世界《せかい》に出て大さわぎになったことがあるの。だから、けっして外に出ようなんて思わないでね」

「うん、わかった」

おかあさんにそう返事《へんじ》はしたものの、モグちゃんは外の世界《せかい》が、見たくて見たくてたまりません。

「だれか、お外の世界《せかい》の話をしてくれないかなあ……。そうだ、あのおじいさんに聞いてみよう」

モグちゃんは、物知《ものし》りのおじいさんモグラのところへやってきました。

「おじいさん、こんにちは」

「やあ、モグちゃん、よくきたね」

おヒゲのりっぱなおじいさんモグラは、ニコニコとモグちゃんをむかえてくれました。

「おじいさん、お外の世界《せかい》の話を聞かせてよ」

「モグちゃん、どうしてもお外の世界《せかい》のことが知りたいの？」

おじいさんは、こまり顔です。モグちゃんは、そんなおじいさんの様子《ようす》を気にせず、お話をねだります。

「うん、おしえて、おしえて！」

「お話はしてあげるけど、けっしてお外には出ないと、やくそくできるかな」

「うん、やくそくする！」

「よしよし、いい子だ」

　おじいさんはニッコリして、モグちゃんの頭をなでてくれました。

「これは、ワシがまだモグちゃんぐらいのこどものころ、聞いた話だ」

　おじいさんはそう言って、話しはじめました。

「外の世界《せかい》にはな、空というものがあって、雲という白いものがうかんでいるそうだ」

「そら！　くも！」

「そうじゃ、大きくて広くて、それはそれはフシギなものじゃという」

「わあ、ボク、見てみたい！」

モグちゃんは、思わずさけんでしまいました。

「こら！　やくそくをわすれてはいけないよ！」

「エヘッ、しまった」

モグちゃんは、ペロッと舌《した》を出しました。

「これからが、とても大切なところじゃ」

おじいさんモグラはそう言うと、少しこわい顔をしました。

「その空というところにはな、お日さまという、それはそれはフシギなモノが燃《も》えているのじゃ」

「燃《も》えている？　なあに、それ？」

「明るくてまぶしい、真《ま》っ赤《か》な炎《ほのお》の玉が、お空にはうかんでいるという……。ワシたちモグラは、そのお日さまを見ると、目が見えなくなって、死《し》んでしまうと言われている……」

「エッ！　死《し》んじゃうの？」

「うむ……」

おじいさんはおもおもしくうなずきました。

「いいかい、モグちゃん、だから外の世界《せかい》に行ってみたいなんて、思ってはダメだよ。お日さまのほかにも、キツネや大きな鳥たちが、ワシたちを食べようとねらっているのじゃ。ワシたちモグラは、このトンネルの中でくらしているのが、一番幸《しあわ》せなのだよ」

おじいさんは、モグちゃんのおかあさんと同じことを言います。

「うん、わかった！　おじいさん、ありがとう」

おじいさんにはそう言ったものの、モグちゃんはますます外の世界《せかい》が見たくなってしまいました。

夜、おとうさんとおかあさんがねるのをまって、モグちゃんは、そっと家をぬけ出しました。

「おとうさん、おかあさん、ごめんなさい。ボクはどうしても外の世界《せかい》が見たいんだ」

モグちゃんは長い長いトンネルを、北をめざしてドンドン、ドンドン進《すす》みました。北のほうに、外の世界《せかい》への出口があると、前に聞いたことがあったのです。しかし、この北のトンネルは、けっして近づいてはいけないトンネルだったのです。

「おとうさんといっしょに、ここまではきたことがある」

そこは、モグちゃんがおとうさんとエサをとりにきた場所《ばしょ》でした。でも、そこから先へは一度《いちど》も行ったことがありません。おとうさんにきつく注意《ちゅうい》されていたからです。

「いいかい、モグ、どんなことがあっても、ここから先へは絶対《ぜったい》行ってはいけないよ」

モグちゃんの頭に、そう言ったときのおとうさんのこわい顔がうかびました。

トンネルは、まだまだつづいています。

奥《おく》からながれてくる風が、モグちゃんのほっぺたをなでていきます。

「ボクはこわくない！　ボクはお外の世界《せかい》を絶対《ぜったい》見るんだ！」

モグちゃんは勇気《ゆうき》を出して、先へ先へと進《すす》みました。

もうどれくらい進《すす》んだでしょうか。モグちゃんは、おなかがすいてきました。

「お外の世界《せかい》はまだかな。ボク、おなかがすいてきちゃった。もう、帰ろうかな……」

モグちゃんは弱音《よわね》をはきそうになりました。

そのときです！　トンネルの前方が、急《きゅう》に明るくなりました。

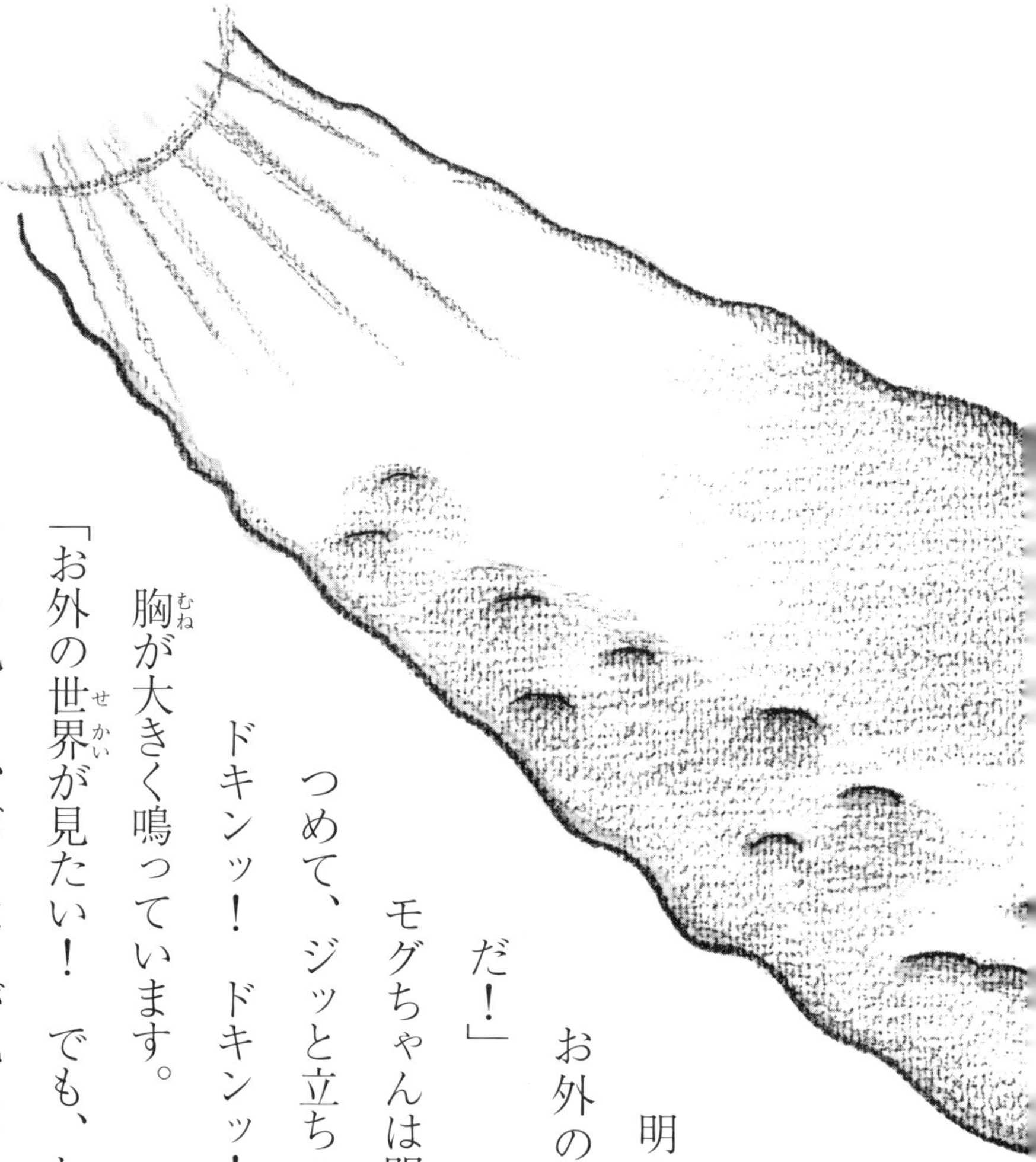

「あっ！　お外の世《せ》界《かい》だ！　あの明るいところに、お外の世界《せかい》があるんだ！」

モグちゃんは明るいほうを見つめて、ジッと立ちつくしました。

ドキンッ！　ドキンッ！

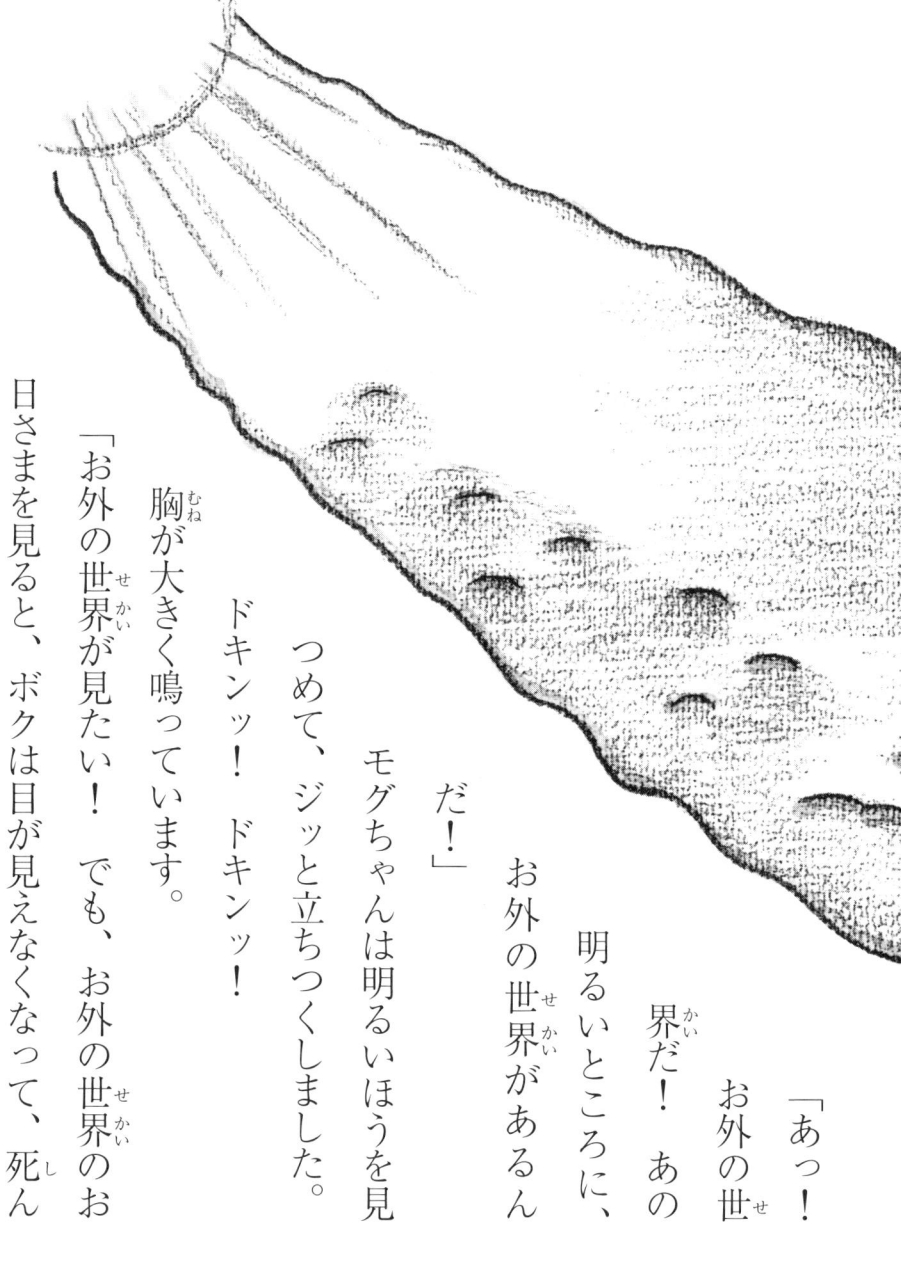

胸《むね》が大きく鳴っています。

「お外の世界《せかい》が見たい！　でも、お外の世界《せかい》のお日さまを見ると、ボクは目が見えなくなって、死《し》んじゃうんだ。おとうさん、おかあさんにも会えなくなっちゃう。ホルゾーくんやみんなとも遊《あそ》べなくなっちゃう、どうしよう」

ドキンッ！　ドキンッ！　心臓《しんぞう》がタイコのように鳴っています。

「ワアーッ！」

モグちゃんはさけびながら、明るいほうへつっこんでいきました。

――ズボッ！

モグちゃんの体は地面《じめん》をつきぬけ、むこうがわへと出ました。

冷《つめ》たい空気が、モグちゃんの鼻《はな》にふれます。

モグちゃんは、おそるおそる目をあけました。

「あっ！」

モグちゃんは、おどろきの声をあげました。

「これが、お外の世界《せかい》か……」

おじいさんから聞いた〝空〟に、白い〝雲〟と〝お日さま〟がうかんでいました。

「大きいなあ、広いなあ、明るいなあ……」

お日さまはまん丸で、本当に燃《も》えているように、明るく輝《かがや》いていました。

『モグちゃん、お日さまを見てはいけないよ……』

モグちゃんは、急《きゅう》におじいさんの言葉《ことば》を思い出しました。

「ボクはお日さまを見てしまった。ボクは死《し》んじゃうの？　いやだ、いやだよ！　おかあさんに会いたい！　おとうさん、おかあさん！」

モグちゃんはトンネルにもどると、いちもくさんに走りだしました。

「ボクはおうちに帰るんだ！　おとうさん、おかあさん！」

モグちゃんは、必死《ひっし》に走りました。でも、だんだん力が出なくなってきました。

「どうしよう、力が出ないよ。お日さまを見たせいなの。おとうさん、おかあさん、助《たす》けて……」

モグちゃんは、ついに気をうしなってしまいました……。

「モグちゃん、モグちゃん！」

おかあさんの声に、モグちゃんは目をさましました。

モグちゃんは、おうちのベッドの中にいました。

「おかあさん、ボクどうしたの？」

「おうちの前でたおれているのを、おとなりのオジサンが運《はこ》んでくれたのよ。どうして外になんか出たの」

「ごめんなさい……」

モグちゃんはおかあさんにあやまりながら、心の中で思いました。

『お外の世界《せかい》を見たのは、夢《ゆめ》だったのかな？　でも、もうあんなこわい夢《ゆめ》はごめんだよ』

モグちゃんは、今日も元気にお友だちと遊《あそ》んでいます。もうお外の世界《せかい》へ行きたいとは、思っていないのでしょうか？

実は、モグちゃんがお外の世界《せかい》を見たのは、本当のことだったのです。

あの日、モグちゃんは、北のトンネルのはずれでたおれているのを、さがしにきたおとなたちに発見《はっけん》されたのでした。

おとなたちは相談《そうだん》して、モグちゃんが夢《ゆめ》を見たことにしよう、ときめました。

おヒゲのおじいさんモグラが、モグちゃんのおとうさんとおかあさんに言いました。

「モグちゃんは運《うん》がよかったよ。モグちゃんが見たのは、お日さまではなく、お月さまだったのだから」

「おじいさんは外の世界《せかい》のことを、よく知ってらっしゃるのですね」

モグちゃんのおかあさんが、感心《かんしん》して言いました。

「外の世界《せかい》を見たがったモグラは、モグちゃんだけではないよ。むかしもいたのじゃ」

おじいさんはそう言うと、ニコリと笑《わら》いました。

でも、おじいさんも知らないことが、ひとつあったのです。

モグちゃんは、まだお外の世界《せかい》のことを、あきらめてはいませんでした。

モグちゃんは、きっといつかチャンスがくると思っています。

『こんどは夢《ゆめ》じゃなく、しっかりお外の世界《せかい》を見るんだ！』

〈おしまい〉

ゆめ太の明日《あした》

ボクはミニウサギのゆめ太だ。アユミちゃんの家にきて一年になる。

アユミちゃんは小学校の二年生だ。ボクをとてもかわいがってくれる。

ゆめ太という名前も、アユミちゃんがつけてくれた。赤ちゃんのころのボクはねてばかりいたので、よく夢《ゆめ》を見てるんだろうな、と思ってつけられた名前だ。自分で言うのもなんだけど、小さいころのボクはとてもかわいかった。

ところがだんだん大きくなり、毛が抜《ぬ》けかわっていくうちに、家の人はときどきボクのことを「オッサンゆめ」と呼《よ》ぶようになった。ボクの鼻《はな》と口のまわりの毛が黒くなったからだ。

ボクはこの呼《よ》びかたが気にいらない。オッサンというのは、なんともカッコ悪《わる》いひびきだ。もっとほかの呼《よ》びかたにしてほしい。いつもそううったえているのだが、残念《ざんねん》なことに、ボクは口がきけない。ボクが文句《もんく》を言っても、ブーブーとしか聞こえないようだ。

アユミちゃんの家にきたころ、ボクは怒《おこ》られてばかりいた。

テレビや扇風機《せんぷうき》のコードをかじっては怒《おこ》られ、畳《たたみ》やカーペットの上でオシッコをしては怒《おこ》られた。でも、ウンチをしても、それほど怒《おこ》られなかったのは、なぜだろう？　パパさんもアユミちゃんも、ボクのウンチを、あらあらと言いながら、割《わ》りばしでヒョイヒョイとよくひろってくれた。だから、今でもときどき、トイレ以外《いがい》のところでウンチをしてしまう。

ボクのめんどうを一番よくみてくれるのは、アユミちゃんのママさんだ。エサをくれたり、トイレやゲージの掃除《そうじ》をしてくれたり、ボクはママさんといる時間が一番長い。

でも、一番こわいのも、ママさんだ。一度《いちど》、ボクが電話のコードをかじって、一日電話がつかえなくなったことがあっ

た。あのときのママさんは、ほんとうにこわかった。ボクのきおくにまちがいがなければ、あの日、エサの回数が、一回すくなかったような気がする。いや、たしかにすくなかった。

アユミちゃんとママさんのことは大好《だいす》きだけど、ボクはパパさんと一番気があう。なぜなら、パパさんはボクと同じ男だから、親しみを感《かん》じる。そして、ボクと同じように、パパさんもよくママさんに怒《おこ》られている。ますます親しみを感《かん》じてしまう。

今日《きょう》も、パパさんはママさんに怒《おこ》られている。

「パパ、冷蔵庫《れいぞうこ》のトビラはいつもきちんとしめてって言ってるでしょ。また少しあいてたわよ」

パパさんが言いかえす。

「オレはちゃんとしめたよ」

するとママさんはますます怒《おこ》る。

「パパ以外《いがい》にこんなことする人いないいじゃない」

パパさん、わかってないなあ。こういうとき、ママさんにさからってはいけません。エサの回数がへりますよ。

ボクは酔《よ》っぱらったパパさんの話し相手《あいて》にもなる。パパさんはいろいろな話をしてくれる。アユミちゃんが生まれたときの話や、ママさんがむかしはもっとやさしかったことや、お仕事《しごと》の話など、ボクを相手《あいて》に楽しそう

に話す。そして、いつも最後《さいご》にこう言うんだ。

「わかるか、ゆめ？　男はな、たいへんなんだぞ」

パパさん、わかるよ。ボクは何回もうなずくんだけど、パパさんにはわからない。ボクは少しさびしくなる。


昼間、ママさんが出かけてだれもいなくなると、ボクはひるねをする。一番のんびりできるひとときだ。目がさめると、お花さんとお話をする。

ボクのゲージのある窓辺《まどべ》には、たくさんのはち植《う》えがあって、ボクはお花さんたちとすぐ友だちになれた。その中でも幸福《こうふく》の木のおじいさんとは、大の仲《なか》よしだ。

おじいさんは、この家に一番古くからいる植物《しょくぶつ》で、ボクはおじいさんからいろいろな話を聞いた。

「ゆめちゃんや、この家の人たちは、みんなやさしい人ばかりじゃよ、よかったなあ」

ボクもそうだと思う。

おじいさんは仲間《なかま》から聞いたというふしぎな話をたくさんしてくれた。

「わしら植物《しょくぶつ》は、ゆめちゃんや人間のように動《うご》くことができない。でもな、今ゆめちゃんと話しているように、どんなに遠くにいるなかまとも、いつでもお話できるんだ」

幸福《こうふく》の木のおじいさんの声を、ボクは耳では聞いていない。おじいさんの声は、いつもボクの頭の中にストンとやさしくはいってくる。

「ゆめちゃんや、海というのを知っているかな。水がたくさんたくさんあるところなんじゃが……」

ボクはアユミちゃんといった公園の池を思い出した。

「水がたくさんあるっていったら、池でしょ」

「いいや、ちがう。池よりも、もっともっとたくさん水があるんじゃ」

ボクは車で出かけた山の湖《みずうみ》を思い出した。

「池よりも、もっともっと水があるっていったら、湖《みずうみ》でしょ」

「いいや、ちがう。湖《みずうみ》よりも、もっともっともっとたくさん水があるんじゃよ」

池よりも、湖《みずうみ》よりもたくさんの水があるところ？　ボクにはよくわからない。ボクが首をひねっていると、おじいさんが言った。

「しかも、その海の水は、しょっぱいんじゃ」

「えーッ、しょっぱかったら飲《の》めないよ」

「海の水を飲《の》むモノはおらん。海の水は魚のためにあるんじゃ」

「お魚さんは海の水を飲《の》んでもだいじょうぶなんだ」

ボクは海に行ってみたくなった。

「おじいさんは、海を見たことあるの？」

「わしも、まだ見たことはない。今のは、海の近くにいる仲間《なかま》から聞いた話じゃよ」

おじいさんは、少し残念《ざんねん》そうに言った。

「おじいさん、ボクがパパさんやママさんにたのんであげるから、いっしょに海に行こうよ」

「おお、それは楽しみじゃ。ゆめちゃんにたのむとしようか」

ボクはおじいさんと、海に行くやくそくをした。

ボクは、エサをモリモリ食べ、お花さんたちとお話をして、おひるねをして、まいにち幸《しあわ》せにくらしていた。

そんなとき、アイツはとつぜんあらわれた。

ある日の夕ぐれどき、アイツは、どこからともなくあらわれた。

はじめは、ぼんやり黒っぽく見えていた。なんだろう？　と見ていると、だんだん人の形になっていった。でも、黒いカゲにしか見えない。

よく見ても、ソイツには目も鼻《はな》も口もなかった。

夜になり、ソイツのすがたは、ますますはっきりしてきた。部屋《へや》のすみにだまってつっ立っている。

ところが、アユミちゃんやママさんには、ソイツのすがたが見えないらしい。

「アユミちゃん、ママさん、パパさん、へんなヤツがいるよ！　気をつけて！」

ボクは、いっしょうけんめいソイツのことを知らせようとして、ゲージをガタガタゆすったりした。でも、ダメだった。

「ママー、ゆめちゃんが、おなかすいたって」

ちがうよ、アユミちゃん！　へんなヤツがいるんだってば！　そこにいるんだよ！　どうしてわからないの！

「ゆめちゃん、さっきエサはあげたでしょ」

ママさんにもわかってもらえない。

そうだ、幸福《こうふく》の木のおじいさんに聞いてみよう！

「おじいさん、アイツはなんなの？」

「…………」

おじいさんは答えてくれない。

「おじいさん、なぜ、アイツはアユミちゃんやママさんには見えないの？」

「…………………」

おじいさんは、だまったままだ。なにも答えてくれない。

ボクはむなさわぎがして、エサものどをとおらなくなった。

黒いカゲのようなソイツは、朝がくるといなくなっていた。

「ゆめちゃんや……」

だまっていたおじいさんが、話しかけてきた。

「アッ、おじいさん、なぜ答えてくれなかったの！　アイツ、見たでしょ？　黒いヤツ！　アイツはなんなの？」

「アイツはな、『明日《あした》をうばいしモノ』じゃ。わしらは、そう呼《よ》んでいる……」

「エッ、なんなの、それ？　わからないよ！」

「もう少しすれば、わかるようになる……」

おじいさんは、そう言うと、またまだってしまった。

わかるって、どういうことなんだろう？　おじいさんの言葉《ことば》に、ボクはますますふあんになってしまった。

なにごともなく、なんにちかがすぎた。

あの黒いカゲは、夜になるとあらわれ、朝になると、どこかへと消《き》えた。

ある日の夕方のことだった。黒いカゲがいつもより早くあらわれた。

アレッ、コイツ、いつもより早くきたぞ！

ボクは、ソイツをにらみつけた。ソイツはいつものように、部屋《へや》のすみにだまって立っている。

「アレッ？」

ボクは自分の目をうたがった。おつかいに行ったはずのアユミちゃんとママさんが、目の前にいた。おかしいな、いつ帰ってきたんだろう？ いつもなら、ドアの外の足音で、帰ってきたのがわかるのに。このボクが、足音を聞きのがすなんて、ありえない。

アユミちゃんとママさんは、だまって食事《しょくじ》をするテーブルのイスにすわっている。二人とも、元気がない。どうしたんだろう？

「アユミちゃん、ママさん、どうしたの？ なんで、だまってるの。いつものように、ゆめ！ って呼《よ》んでよ」

ボクは、ゲージをガタガタゆすってうったえた。

そのとき、部屋《へや》のすみにいた黒いアイツが、アユミちゃんとママさんのほうへ、スーッと動《うご》いた。

「なんだ、コイツなにをする気だ！」

ボクはゲージからとび出して、ソイツをかんでやりたかった。

ソイツは、アユミちゃんとママさんの間に立っていたが、しばらくしてアユミちゃんのうしろに移動《いどう》した。そのしゅんかん、ママさんのすがたがフッと消《き》えた。

「ワーッ、ママさんが消《き》えちゃった！　たいへんだ！　たいへんだ！」

ボクはおどろいて、ゲージの中をとびはねた。

そのとき、玄関《げんかん》でバタバタと音がして、パパさんが部屋《へや》にとびこんできた。パパさんは、あわててなにかをさがしている。

「パパさん、今ね、ママさんが消《き》えちゃったんだ。それに、アユミちゃんのうしろにへんなヤツがいるよ！」

ボクはパパさんに気づいてもらおうと、ゲージの中であばれまわった。

パパさんがボクのほうを見た。ボクは、アッと思った。パパさんは泣《な》いていた。

パパさんは、ゲージのとびらを少しあけると、ボクの頭をなでながら言った。

「ゆめ、たいへんなんだ。ママとアユミが車にはねられたんだ。ママのほうは、だいじょうぶなんだけど、アユミが、あぶないんだ」

エッ？　パパさん、なに言ってるの？　アユミちゃん、そこにいるじゃない、見えないの？

「ゆめ、アユミをまもってやってくれ、たのむぞ！」

パパさんはそう言うと、部屋《へや》を出ていった。

ボクはそのときわかった。幸福《こうふく》の木のおじいさんが言った『明日《あした》をうばいしモノ』の意味《いみ》が……。

ボクは、ひっしにアユミちゃんに声をかけた。アユミちゃんは、ときどきボクのほうをかなしそうに見た。

「アユミちゃん、そんなかなしそうな顔しないでよ。元気出して！　そんなヤツにまけないで！　おじいさん、どうしたらいいの！」

ボクは、おじいさんに聞いてみた。でも、おじいさんはだまったままだ。

黒い『明日《あした》をうばいしモノ』が、ユラッと動《うご》いた。

アユミちゃんが、イスから立ちあがった。

「アユミちゃん、行っちゃダメだ！　オイッ、アユミちゃんをどこへつれていく気だ！　ボクがゆるさないぞ！」

ボクは、ゲージの中で大あばれした。

「うるさいウサギだな……」

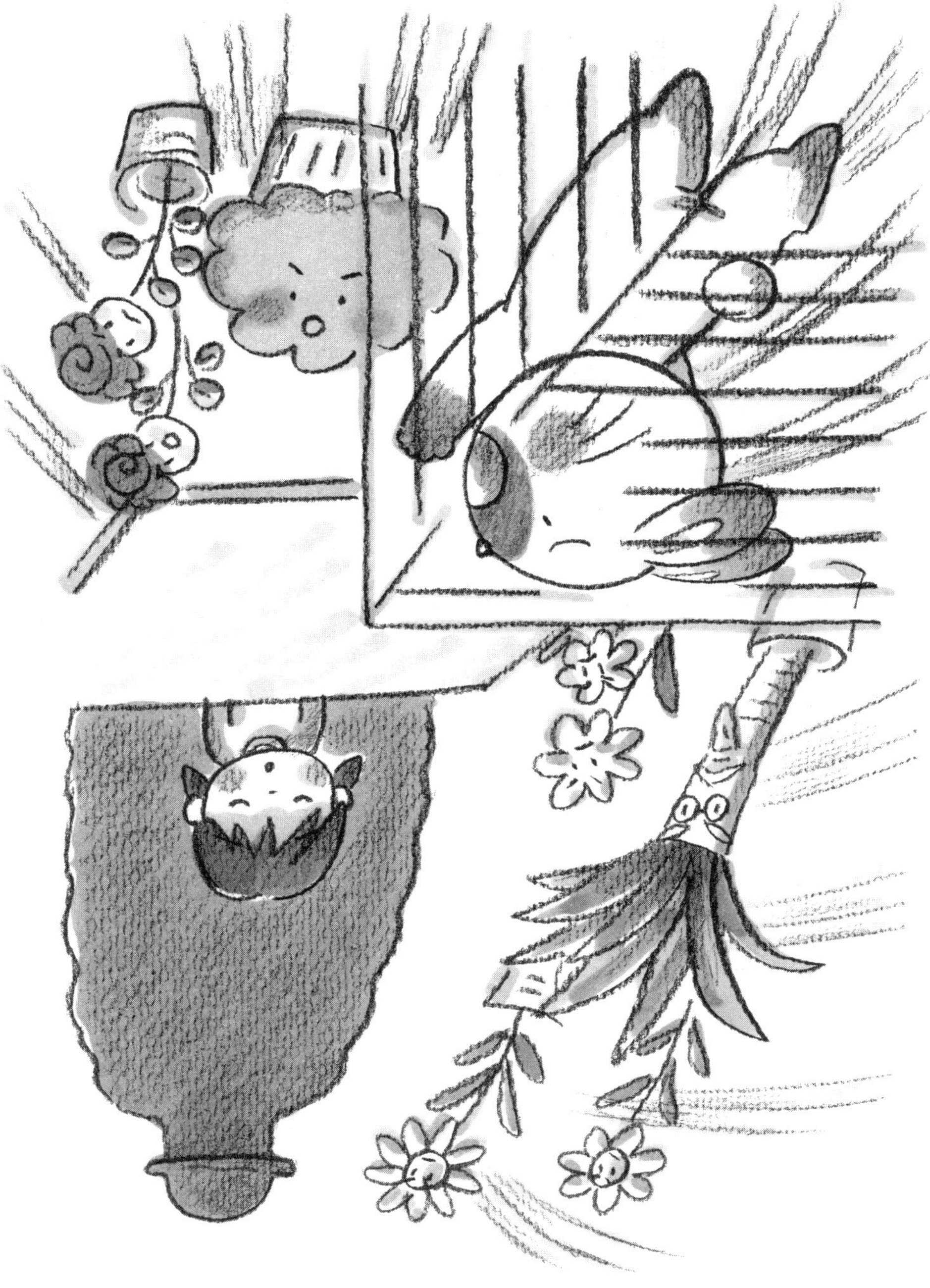

黒いカゲが、はじめて口をきいた。聞こえかたは、お花さんと話をするときとおなじだ。

「アユミちゃんをはなせ！　つれていくのなら、ボクをつれていけ！」

「おまえのような小さな生《い》き物《もの》に、人間のかわりなどつとまるものか。ワシがおこられてしまう」

顔のない黒いカゲが、ニヤリと笑《わら》ったような気がした。

「小さいからって、バカにするな！　アユミちゃんをはなせ！」

「フン、うるさいウサギめ。なにもできないくせに、おとなしくしてろ」

「なにをー！」

ボクはくやしくて、メチャクチャにあばれまわった。

そのとき、だまっていた幸福《こうふく》の木のおじいさんが、口をひらいた。

「なにもできないわけでも、ないぞ……」

明けがた、パパさんが、病院《びょういん》から帰ってきた。パパさんのよろこびの声が、家の中にひびいた。

「ゆめ！　よろこんでくれ！　アユミがたすかったぞ！　ママもアユミもだいじょうぶだぞ！」

パパさんはボクのゲージのところへきて、様子がおかしいことに気がついた。

「ゆめ、どうした……。アユミがたすかったんだぞ……」

パパさんはゲージの中で、冷《つめ》たくなってよこたわっているボクを、そっとだきあげた。

「ゆめ、どうしたんだい。アユミが、たすかったんだぞ……。また、遊《あそ》べるんだよ、ゆめ……。アユミの身代《みが》わりになってくれたのかい……。ありがとう」

パパさんはボクの体をなでながら、ポロポロと涙《なみだ》をこぼした。そして、顔をあげたとき、また、おどろいた。

「これは、いったい、どうしたというんだ」

パパさんは、ママさんが大切に育《そだ》てていた花や幸福《こうふく》の木が、いっせいにかれているのを見たんだ……。

ボクは、パパさんが帰ってきたときのようすを、天井《てんじょう》のほうから見ていた。ボクの体は死《し》んじゃったけど、ボクのすがたはボクのままで、たましいとなって生きていた。

「パパさん、アユミちゃんとママさんによろしくね。やさしくしてくれて、

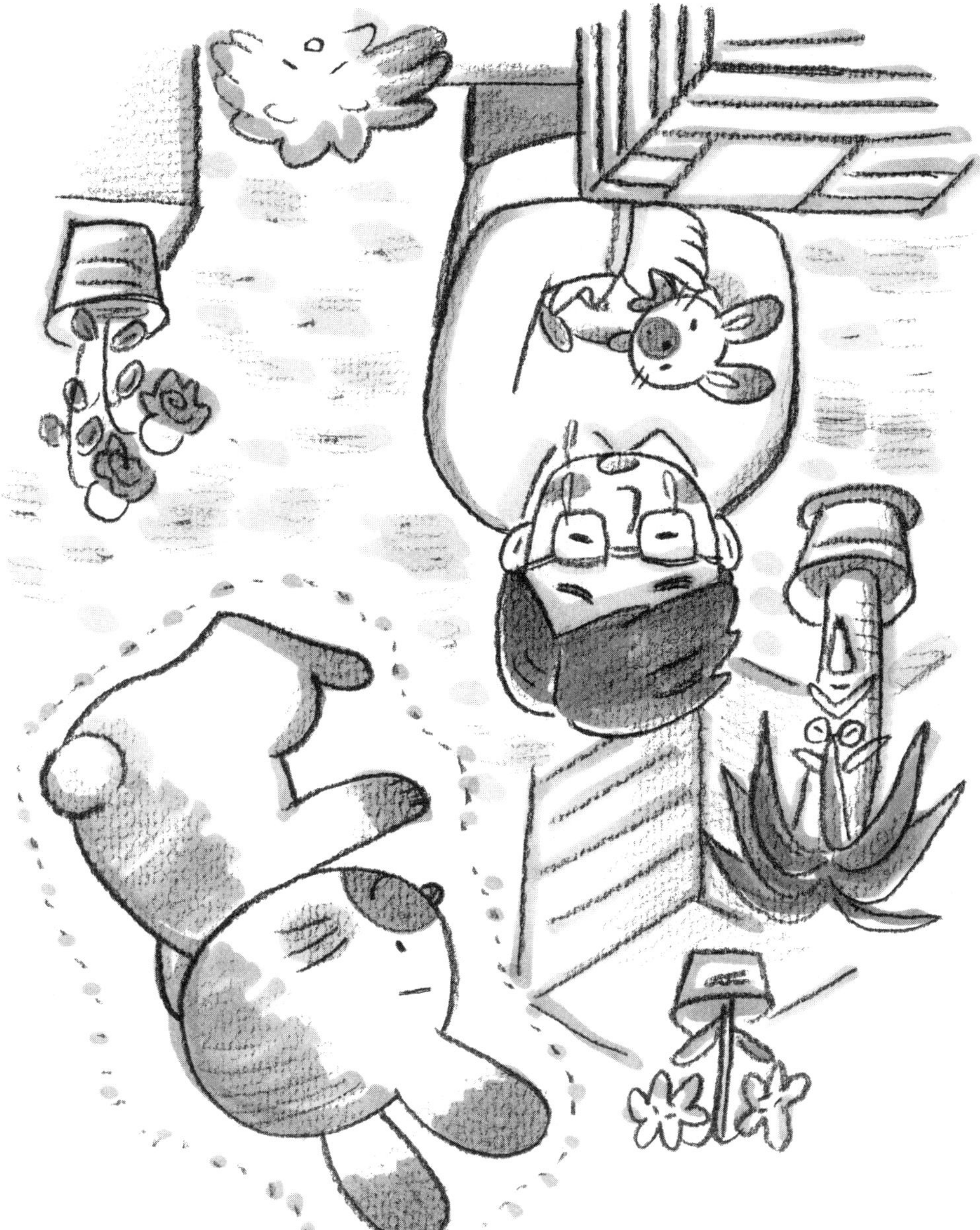

ありがとう。パパさんのお話、もう聞けないけど、元気でね」

ボクは、いくつもの小さな光の玉にかこまれていた。それは、ボクに力をかしてくれた、お花さんたちと幸福《こうふく》の木のおじいさんのあたらしいすがただった。

「さあ、もう、いいだろう。行くぞ」

ボクたちは、黒いカゲにうながされて、パパさんにわかれをつげた。

「さようなら、さようなら、ありがとう……」

ボクたちは、黒いカゲにみちびかれるように、空をめざして、上へ上へとあがっていった。

アユミちゃんの家が、下のほうに、どんどんどんどん小さくなっていった。

「どこまで、行くんだろう」

体がかるく、とても気もちがいい。

「ゆめちゃんや、あっちを見てごらん」

幸福《こうふく》の木のおじいさんに言われてふりむくと、ずっと遠くに、キラキラひかる青い大きなものが見えた。

「おじいさん、あれ……」

「そう、あれが、海じゃよ。ゆめちゃん」

「そうか、あれが、海かぁ。ほんとうに、大きくてキレイだなあ」

ボクは、はじめて見る海を、うっとりとながめていた。

「それでは、ゆめちゃん、ここで、おわかれじゃ」

おじいさんに、いきなりそう言われ、ボクはとてもあわてた。

「エッ、おわかれって？　ずーっといっしょじゃないの」

「いやいや、わしらとゆめちゃんでは、行くところがちがうんじゃよ。では、またどこかで会おう。元気でな」

お花さんたちも、口々にさようならと言うと、どこかへ去《さ》っていった。

気がつくと、黒いカゲもいなくなって、ボクは、ポツンとお空にうかんでいた。

ボクは、これから、どうなるんだろう……。なんだか、心ぼそくなってきた。

ふと見あげた空のかなたに、大きな光の玉があった。ボクは、すいよせられるように、どんどんどんどん光の玉に近づいていく。

そして、光の中にスポッとはいってしまった。

「なんだか、あたたかくて、気もちいいなあ」

どこからか、声がした。

「ゆめちゃん、よくがんばりましたね。すばらしかったよ」

このやさしい声は、だれだろう……。そうだ、おかあさんにちがいない。

これはきっと、ボクのおかあさんの声だ。

ボクは、すっかり気もちよくなってしまい、眠《ねむ》くなってしまった。

「アユミちゃんは元気になったかな？　ママさんやパパさんはどうしてるかな……。眠《ねむ》いよう……」

ウン……？　やけに、にぎやかだな。ボクは目がさめた。

「ここは、どこだ……？」

ボクはキョロキョロとあたりを見まわした。どうやらゲージの中にいるみたいだ。

となりに、なにかいる。よく見ると、赤ちゃんウサギだ。

「なんで、赤ちゃんがいるんだ？　アレッ！　ボクも小さくなってる。な、なんで？」

ボクは、自分が赤ちゃんウサギになっているのにおどろいた。

とまどっているボクを、人の手がのびてきて、パッとつつみこんだ。

アレ、この手のぬくもりは、なつかしい感《かん》じがするぞ？

上のほうから人の声がした。

「このウサギがいいの？」

聞きおぼえのある声だぞ。

「うん、このウサちゃんがいい！」

ボクは声のするほうを、目をあけてしっかりと見た。

やっぱりママさんとアユミちゃんだ。ボクですよ、ゆめですよ！　わすれちゃったの！

「二代目《にだいめ》ゆめ太だな」

パパさんもいる。

パパさん、ボクは二代目《にだいめ》じゃないよ、「オッサンゆめ」ですよ。赤ちゃんになっちゃったけど、ゆめ太ですよ～！


〈おしまい〉

夏のおわりの会話（アユミ6歳《さい》）

夏の思い出は？

「海とプールと夏まつり」

おいしかったものは？

「海の家で食べたラーメン！」

二番目においしかったのは？

「プールで食べたラーメン！」

三番目においしかったのは？

「うーんとね、うーんとね、ママのタラコ・スパゲッティ！」

アユミはメン類《るい》好《す》きだね。

「うん、だーい好《す》き！」

学校でもラーメン出るの？

「出ないよ。うどんとスパゲッティが出る」

パパも食べたいな。

「こんど、もってこようか」

どうやって、もってくるの？

「うーんとね、ランドセルの中にいれてくる」

こぼれちゃうよ。

「だいじょうぶ。アユミ、ゆっくり、ゆっくりあるくから」

学校から出前してくれるの？

「でまえって、なあに？」

料理《りょうり》をお店からおうちに運《はこ》ぶことだよ。

「でまえ、するする！」

パパは楽しみにしています。小学校から『でまえ』のくる日を……。

〈おしまい〉

（ミニウサギのゆめちゃんが、アユミちゃんのおうちに来る少し前の、パパさんとアユミちゃんの会話です）

あとがき

この本を手にとってくださった皆様、ありがとうございます。

二〇〇六年六月、『ゆめ太の明日』はある出版社から刊行されましたが、諸般の事情により発売後一年半で絶版になってしまいました。今回、文芸社さんから復刊をはたすことができ、また多くの方たちとの出会いがあるかと思うと、本当にうれしいかぎりです。

五年前、私は「あとがき」でこんなことを書きました。

「ミニウサギが我が家の一員になったのは、二年前のことでした。以前から娘は犬を飼いたいと言っていたのですが、住宅事情や私の親と同居していることもあり、『犬は無理だよ』というのが私の返事でした。それがある日、『ウサギなら鳴かないから飼ってもいいでしょ』と言い出しました。すでに母親を味方につけているらしく、どうしてもとせがみます。私はあまり考えることもなしに、『いいよ』とOKしました。というよりは、ウサギを飼うということがどういうことなのか、全く思い描けなかったのです。ましてや彼をモデルにして物語をつくることになるとは、想像もしませんでした。

私はもともと『フーコー「短編小説」傑作選9』に収録された自作『ごきげんよう』のような、少し不思議な感じのする話を書きたいのですが、私の第一読者である妻が、『童話、書いてみたら、書けるんじゃない』と違うジャンルへの挑戦を薦めてくれました。どうなのかな、と自分でも半信半疑で書いた作品が『モグちゃんの大冒険』でした。書くには書いたものの、自分で読んでみてどうもピンときません。結局はじめて書いた童話は、下書きをしただけで誰にも見せませんでした。

今回、その作品が同時収録されるにあたり、加筆、修正し、清書したところ、書いた当初よりずっと面白く感じられ、モグちゃんもなかなかいけるじゃないか、と自画自賛しております。

二作目となった『ゆめ太の明日』は、私の好きな不思議感覚がストーリーにはいっているお気に入りの作品です。ウサギというのは非常に警戒心の強い動物で、じっとして自分の身を守るためか鳴くこともありません。そのくせ外に出て誰も遊んでくれないと、自分からゲージに戻ったりするので、結構寂しがりやなのではないかと思います。また、時々、誰もいない空中をジッと見ていたりすることがあります。私にはその様子が、何か目に見えない存在とお話でもしているかのように映るのです。もしかしたら、花や虫や他の小動物とも、われわれとは違った手段でお話ししているのかもしれない？　というところから、『ゆめ太の明日』は生まれました。

ゆめ太もモグちゃんも小さな命ですが、好奇心旺盛で元気いっぱいです。この本を読んでくださった方たちに、少しでも彼らの勇気と楽しさを感じていただければと思います。」

五年という月日が流れ、『ゆめ太』のモデルになった我が家のミニウサギ君ももうすぐ七歳になります。もうすっかり家族の一員となり、今や場を和ませてくれる貴重なムードメーカーです。妻と娘がよく面倒をみてくれるので、毎日元気に過ごしています。

最後に、『ゆめ太の明日』の復刊にあたりお世話になりました文芸社の方々に感謝するとともに、今回もこころよく御協力くださいましたイラストレーターの山本正子さんにお礼を言いたいと思います。

そして何より、この厳しい経済環境の中、復刊に理解を示してくれた妻と娘に感謝します。そして今でも現役で元気に働いてくれている両親に、また「ありがとう」と言いたいです。

二〇一〇年十二月

うちかわこういち

著者プロフィール

作・うちかわこういち

1956年、群馬県生まれ。高崎市在住。

群馬県立中央高等学校卒（10期生）。

駒澤大学経済学部卒（ラテンアメリカ研究会OB）。

（社）高崎青年会議所OB。

群馬県の少年指導委員を拝命して23年になる。

（株）内川紙器代表取締役３代目社長。包装管理士。

絵・山本正子（やまもと まさこ）

イラストレーター。

東京都世田谷区在住。

東京デザイナー学院卒業後、1990年より、フリーのイラストレーターとして活動を開始。

雑誌、子ども向け教材のカットイラストなど多数手がけている。

ゆめ太の明日

2011年３月15日　初版第１刷発行

作　うちかわこういち
絵　山本 正子
発行者　瓜谷 綱延
発行所　株式会社文芸社
〒160-0022　東京都新宿区新宿1－10－1
電話　03-5369-3060（編集）
03-5369-2299（販売）

印刷所　株式会社上野印刷所

©Koichi Uchikawa 2011 Printed in Japan
乱丁本・落丁本はお手数ですが小社販売部宛にお送りください。
送料小社負担にてお取り替えいたします。

ISBN978-4-286-10088-3